Hartmut Boockmann

Leben und Sterben in einer spätmittelalterlichen Stadt

Über ein Göttinger Testament des 15. Jahrhunderts

Vandenhoeck & Ruprecht in Göttingen

Eine etwas andere Fassung dieser Studie ist im Göttinger Jahrbuch 1983 erschienen.

CIP-Kurztitelaufnahme der Deutschen Bibliothek

Boockmann, Hartmut:
Leben und Sterben in einer spätmittelalterlichen Stadt: über e. Göttinger Testament d. 15. Jh./ Hartmut Boockmann.– Göttingen : Vandenhoeck & Ruprecht, 1983.

ISBN 3-525-36183-1

Vandenhoeck & Ruprecht, Göttingen, 1983

Satz: Tutte GmbH, Salzweg
Druck: Hubert & Co., Göttingen
Printed in Germany

Inhalt

Leben und Sterben in einer spätmittelalterlichen Stadt

Über ein Göttinger Testament des 15. Jahrhunderts

Wer vom Leben und Sterben in einer mittelalterlichen deutschen Stadt schreibt[1], von dem könnte vermutet werden, daß er endlich einer nicht selten an deutsche Historiker gerichteten Forderung nachkommen, daß er sich an dem Vorbild, das französische Historiker in den letzten Jahren gegeben haben, orientieren und daß er insbesondere den Spuren eines Philippe Ariès folgen wolle, der im Jahre 1978 eine – zwei Jahre später dann auch ins Deutsche übersetzte – Geschichte des Todes veröffentlicht hat[2].

Nicht weniges von dem, was auf den folgenden Seiten zur Sprache kommen wird, könnte eine solche Vermutung stützen. Denn wer das Buch von Ariès kennt, der wird manches hier Gesagte wiedererkennen. Auch Ariès spricht davon, daß die Toten in den mittelalterlichen Städten nicht, wie heute, in peripheren Zonen, sondern vielmehr im Zentrum bestattet wurden, auch bei ihm kann man den Friedhof als öffentlichen Ort kennenlernen, auch er handelt von testamentarisch angeordneter Pilgerschaft, von Gedächtnismessen und von letztwilligen Stiftungen zu frommen Zwecken – *ad pias causas* – überhaupt.

Ungeachtet solcher Berührungen soll hier jedoch etwas anderes versucht werden – auch wenn sich die grundsätzliche Absicht von dem, was sich Ariès vorgenommen hatte, gar nicht so sehr von der hier verfolgten unterscheiden mag. Ebenso wie bei ihm geht es auch hier um die anthropologischen Dimensionen der Geschichte, um Lebensverhältnisse, Mentalitäten und Handlungsnormen – um das zentrale Thema des nächsten Deutschen Historiker-Kongresses zu zitieren.

Im Detail soll jedoch etwas anderes versucht werden: kein

globaler Überblick über fast zwei Jahrtausende mit den damit notwendigerweise verknüpften Unschärfen, keine Konstruktion mentalitätsgeschichtlicher Epochen und Großperioden – wie man sie im übrigen, man denke nur an Egon Friedell[3], ja auch aus der deutschen historiographischen Tradition kennt. Infolgedessen wird hoffentlich auch nicht die Versuchung auftauchen, elementare Handwerks-Regeln der Historiker außer acht zu lassen und Aussagen von Dokumenten höchst unterschiedlicher Aussagekraft mit einander zu vermengen, von Testamenten z.B. auf der einen Seite und von Dichtungen auf der anderen – von den simplen Fehlern, zu denen solche Fresko-Gemälde führen, ganz zu schweigen[4]. Hier soll vielmehr vom anderen Ende der Skala möglicher Ausgangspunkte her begonnen, es soll also nicht versucht werden, große Entwicklungslinien weit oberhalb dessen, was uns die Überlieferung präsentiert, zu zeichnen, sondern am Anfang und im Mittelpunkt soll ein einzelnes Dokument stehen, ein Göttinger Testament aus dem Jahre 1491[5].

Natürlich ist die Überlieferung so, wie sie sich konkret darbietet, etwas anderes als die Geschichte, um derentwillen wir uns mit dieser Überlieferung beschäftigen. Vielleicht aber kann man doch sagen, daß viele Dokumente aus den alten Städten das, was wir wissen wollen, schon in beträchtlichem Maße enthalten, daß das Einzelne und das Typische hier besonders oft übereinkommen und die Bauformen vergangener Wirklichkeit, also die Strukturen, schon durch das einzelne Dokument durchzuscheinen vermögen, so daß also in unserem Falle das Testament eines Göttinger Ratsherren von 1491 mehr ist als bloß ein Zeugnis für die Lebensverhältnisse und die Sterbensvorsorge dieses einen Bürgers, für Leben und Sterben nur in dieser Stadt. Offensichtlich läßt sich hier eher als anderswo generalisieren. Das spätmittelalterliche Göttingen ist im Hinblick auf die Elemente städtischer Wirklichkeit, die hier interessieren, anderen Städten so ähnlich, daß es beinahe gleichgültig sein kann, aus welcher Stadt ein solches Dokument stammt.

Im einzelnen wird der Herkunftsort eines derartigen Textes freilich doch wichtig, zumal dann, wenn man ihm durch weitere Zeugnisse vom selben Ort Relief zu geben versucht. Natürlich könnte man eine städtische Gesellschaft des späteren Mittelalters auch idealtypisch rekonstruieren, man könnte mit Quellen aus vielen Orten arbeiten und auf diese Weise zu einer in vieler Hinsicht perfekten Dokumentation der einstigen Realität gelangen, doch hat die Arbeit mit Dokumenten ein und desselben Ortes ihre Vorzüge, und wenn die Überlieferung, wie in Göttingen, gut ist[6], dann kommt man auch unter dieser Einschränkung immerhin ein Stück voran.

Es soll im folgenden also nicht nur von einem Dokument und am Ende auch nicht nur von Göttingen die Rede sein, aber zunächst muß der Weg doch in das Göttingen des Jahres 1491 führen – in der Hoffnung, daß sich auch hier das Große im Kleinen gespiegelt haben könnte und in der Konkretion Lebens-Normen sichtbar werden.

Diese Hoffnung bewahrheitet sich gleich am Anfang unseres Testamentes, wo der Testator, der Göttinger Ratsherr Hans von Oldendorp, davon spricht, daß er sein Vermögen zu einem Teil für die Ehre Gottes verwenden, zum andern aber seinen Verwandten geben wolle. Für das letzte hätte er keines Testamentes[7] bedurft. Daß das Eigentum eines Verstorbenen an seine Verwandten fiel, das verstand sich von selbst. Die Zuwendungen an Kirchen und Geistliche aber waren ursprünglich so selbstverständlich nicht gewesen, und so war es ihretwegen im Mittelalter zur Ausstellung von Testamenten überhaupt erst gekommen[8]. Inzwischen, am Ende des Mittelalters, war es jedoch selbstverständlich, daß Vermögende ein Testament machten und daß sie an dessen Anfang zunächst einmal Geistliche und Kirchen bedachten. Und es war bis zu einem gewissen Grade auch selbstverständlich, welche Kirchen begünstigt wurden, die städtischen nämlich, aber im einzelnen fragte sich der Testator in den meisten Fällen doch, ob er nicht bestimmten Kirchen besondere Zuwendungen machen sollte, und so lassen die Testamente dann erkennen, wie sich bestimmte Familien auf bestimmte Kirchen und Geistliche hin orientierten – aus individuellen Gründen oder geleitet von festen Gewohnheiten.

Auch unser Testator spricht am Anfang sehr deutlich nicht von persönlichen Neigungen, sondern von dem, was im Göttingen des späten 15. Jahrhunderts üblich war.

So wie das üblicherweise geschehe, solle, so sagt er, bei seiner in seinem Hause aufgebahrten Leiche ein Psalter gelesen werden[9], und zwar durch alle Geistlichen der Jakobikirche. Und auch die weiteren Begräbnisfeierlichkeiten werden mit Bezug auf das, was sich gebührt, angeordnet: Die Bestattung auf dem Jakobikirchhof, also mitten in der Stadt, und zwar «mit aller Herrlichkeit» , d.h. mit allen Zeremonien. Diese Zeremonien und dann die Vigilien und Seelmessen, also spezielle Gedächtnis- und Fürbitt-Gottesdienste, sollen so geschehen, wie es sich gebührt.

Freilich drückt sich der Testator hier etwas verkürzt aus. Was ihm selbstverständlich erscheint, was man heute jedoch hinzufügen muß, das sagt er nicht, nämlich daß sich ein solches Begräbnis im spätmittelalterlichen Göttingen nicht für Jedermann gebührte. Hier ist vielmehr ganz selbstverständlich nur von Leuten wie Hans von Oldendorp die Rede, von einem Ratsherrn und von einem vermögenden Mann, wie die Fülle dessen, worüber er verfügt, und wie schon seine nächsten Worte lehren. Denn die erwähnten Totenzeremonien sollen zehn Mark kosten, und ein solcher Betrag konnte schon die Summe dessen ausmachen, was ein ärmerer Bewohner der Stadt an Vermögen überhaupt besaß[10]. Diese zehn Mark waren freilich auch im Budget unseres Ratsherren keine unerhebliche Summe. Doch wird man nicht annehmen dürfen, daß er sie deshalb etwa widerwillig ausgesetzt habe. Er stellte ja bloß zur Verfügung, was gebührlich war, also nichts, was zuviel gewesen wäre, sondern nur das, was seinem sozialen Rang in Göttingen zukam.

Mit diesen an die Jakobikirche zu zahlenden zehn Mark

für die Begräbniskosten beginnt zugleich die erste und größere der beiden Abteilungen des Testaments, beginnt die nicht kurze Reihe der Bestimmungen *ad pias causas*, beginnen die Zuwendungen an geistliche Institutionen, Personen und Zwecke. Sie machen, wie üblich, den größeren Teil des Testaments aus, und sie stehen, ebenfalls wie üblich, an dessen Spitze, d.h. vor den Bestimmungen zugunsten der Verwandten. Nicht ebenso üblich sind die Fülle dessen, was unser Testator *ad pias causas* wendet, und die gelegentlich individuelle Färbung seiner Bestimmungen.

Dort, wo es sich um Geldsummen handelt, rechnet unser Testator nun mit Gulden. Um eine annähernde Vorstellung für den Wert dieser Währung zu geben, merke ich an, daß eine kleine Familie von 15 Gulden im Jahr knapp leben konnte, daß vielleicht 40 Gulden im Jahr dem entsprachen, was heute ein Beamtengehalt nach A 13 ausmacht, was also z.B. Studienräte verdienen[11].

Unser Ratsherr beginnt bei seinen frommen Stiftungen mit der Kirche, in deren Pfarrbezirk er sein Wohnhaus hatte, mit seiner Kirche, einfach gesagt, also mit der Jakobikirche.

Die Jakobikirche soll zehn Gulden erhalten und Altargeräte und geistlichen Ornat. All das wird im einzelnen aufgeführt, und wir erfahren auch, daß sich diese Dinge im Hause des Testators befanden. Er hat sie sich also rechtzeitig gekauft oder herstellen lassen, vielleicht unter Verwendung dazu geeigneter Gegenstände und Textilien. Reiche Kleider wurden immer wieder zu geistlichen Gewändern umgearbeitet, wie man sich heute nicht mehr recht vorstellen mag, zumal es ja jetzt so gut wie keine Kleidungsstücke gibt, welche sich dazu eignen würden, zu einem geistlichen Ornat umgearbeitet zu werden. Im späteren Mittelalter war das anders. Die Festtagskleidung, jedenfalls der vermögenden Leute, und die geistliche Kleidung waren sich so ferne nicht – umso weiter freilich war das Meßgewand des Priesters von dem entfernt, was die Ärmeren am Leibe trugen.

Abgesehen von solchen Sachwerten wendet unser Göttinger Ratsherr der Jakobikirche, wie schon gesagt, noch zehn Gulden zu: zu deren freier Verfügung, jedoch nicht ohne eine Gegenleistung. Diese Gegenleistung sowohl für die zehn Gulden wie auch für die gegenständlichen Zuwendungen besteht im Totengedächtnis. In der Jakobikirche sollte zugunsten des Testators und seiner verstorbenen ersten und seiner jetzigen Frau Gedächtnismesse gelesen werden. Damit aber sind wir gewissermaßen bei der Urzelle der Beziehungen zwischen weltlichen Personen und Kirchen oder auch, so könnte man sagen, bei der elementarsten Form der Arbeitsteilung im Mittelalter angelangt. Die Geistlichen waren zunächst nichts anderes als professionelle Beter, Spezialisten, die für das Seelenheil der Menschen arbeiten und dafür von der körperlichen Arbeit freigestellt und infolgedessen unterhalten werden mußten: durch steuerähnliche Abgaben und durch Geschenke, durch Stiftungen und Opfergaben, die von großen Territorien bis zum biblischen Scherflein der armen Witwe reichten. Gewissermaßen auf der Mitte einer solchen Skala rangieren die Zuwendungen unseres Göttinger Ratsherren, der, wie wir nun sehen, durch die Verfügungen seines Testaments *ad pias causas* nichts anderes tut, als sich gegen die Gefahren zu sichern, die ihm nach seinem Tode in Gestalt von Fegefeuer und Hölle drohten. Um die letzte Gefahr, die Hölle, zu vermeiden, und um die andere Gefahr, die Qual des Fegefeuers, zu verkürzen, sorgt er für Gebete und, wie wir gleich sehen werden, auch für den Zuspruch von seiten der Heiligen.

Versucht man sich in seine Situation zu versetzen, so stellt sich die Frage der Auswahl. Welche Geistlichen sollten für ihn beten? Welche Heiligen sollten sich bei Gott für ihn verwenden? Das war die Frage, und das mußte auch die Frage sein angesichts der vielen Geistlichen und der vielen Heiligen, die zur Verfügung standen.

Eine erste Antwort auf diese Frage kennen wir schon. Der Testator baut auf die von der Jakobikirche, von den Geistlichen seiner Kirche zu leistende Totenhilfe. Vielleicht hatte er mit dieser Kirche gute oder doch jedenfalls keine schlechten Erfahrungen gemacht, keine Erfahrungen, welche ihn veranlaßten, sozusagen zur Konkurrenz zu gehen. Die Konkurrenz wäre freilich nicht etwa die Johanniskirche gewesen oder womöglich die Nikolaikirche, eine sehr viel weniger angesehene Pfarrkirche als die Jakobikirche. Die Konkurrenz wäre eines der beiden Göttinger Bettelordensklöster gewesen, das Dominikanerkloster, also jenes Kloster, dessen Kirche heute ein Teil der Universitätsbibliothek ist, oder das Franziskanerkloster auf dem Gelände des heutigen Wilhelmsplatzes[12].

Zwischen den städtischen Pfarrkirchen und den Bettelordenskirchen hat es, vor allem im 14. Jahrhundert, außerordentlich scharfe, nicht selten mit Gewalt ausgetragene Auseinandersetzungen um das Begräbnisrecht und die damit zusammenhängenden testamentarischen Zuwendungen gegeben. Im ausgehenden 15. Jahrhundert hatten sich die Konkurrenten freilich im allgemeinen arrangiert, nicht zuletzt deshalb, weil sie nun beide unter Kontrolle des städtischen Rates standen.

Unser Testator jedenfalls fühlte sich zunächst und vor allem mit der Jakobikirche verbunden, und hier wohnten auch die Heiligen, denen er vertraute. So wendete er als nächstes die halbe Korallenkette seiner verstorbenen ersten Frau einer Marienstatue in der Jakobikirche zu – die andere Hälfte dieser Kette sollte ebenfalls an die Muttergottes gehen, jedoch an einem anderen Ort, nämlich an das Marienbild in der Kapelle des Bartholomäusspitals, also in der Nähe des heute eben noch vorhandenen einstigen Spitalsfriedhofes an der Weender Landstraße.

Was unseren Ratsherren gerade mit dieser Kirche, mit der Kirche ursprünglich eines Leprosenspitals, damals freilich eher eines Altersheimes, verband, läßt sich hier noch nicht erkennen. Etwas mehr verrät dagegen sein Geschenk: die halbe Korallenkette an die eine Maria und die andere Hälfte an die andere.

Daß wir es hierbei mit einem außerordentlich kostbaren Gegenstand zu tun haben, das versteht sich von selbst. Korallen waren Orientwaren. Sie waren so teuer und wegen ihrer Seltenheit so verlockend, daß sie in Kleider- und Luxusordnungen aufgeführt wurden. In Göttingen waren Korallenketten nur solchen Frauen erlaubt, deren Ehemänner ein Vermögen von mehr als 200 Mark versteuerten[13]. Die ganz überwiegende Mehrheit der Göttingerinnen war damit vom Tragen dieses Schmuckes ausgeschlossen oder, positiv gesagt, durch die Obrigkeit davor geschützt, sich durch einen Luxuskonsum dieser oder ähnlicher Art in Not zu bringen. Für die anderen, die knapp 10 % Göttinger Steuerzahler, die mit ihrem Vermögen oberhalb der Grenze von 200 Mark lagen, war die ihnen vorbehaltene Korallenkette demnach nicht nur ein wertvolles – und infolgedessen einer Marienstatue angemessenes – Schmuckstück, sondern auch ein äußeres Anzeichen ihres Platzes in der städtischen Gesellschaft, und das galt auch dann, wenn es sich dabei nicht bloß um ein Schmuckstück handelte, sondern um eine Gebetsschnur, um einen Rosenkranz. So war es in unserem Fall. Unser Testator hat sich etwas zu kurz ausgedrückt[14]. Aber auch dieser Rosenkranz, ein wertvolles Erbstück, war ein Rangabzeichen. Nun also wurde dieses Abzeichen der Muttergottes zur Aufbewahrung gegeben, die Muttergottes erhielt sozusagen die Aufgabe, den sozialen Rang des Testators zu dokumentieren, der ihr doch zugleich auch ein Opfer darbrachte – denn er hätte die Kette schließlich auch verkaufen oder vererben können[15].

In der zeitgenössischen Perspektive war beides gewiß nicht zu trennen. Das Opfer und die Demonstration des eigenen sozialen Ranges gehörten untrennbar zusammen, und gerade diese Untrennbarkeit war es, welche die Kirchen so bunt und so reich machte und sie mit Gegenständen füllte, von denen die meisten ein oder zwei Generationen später im Zuge der Reformation entfernt werden sollten. In Göttingen mögen im Jahre 1533 die beiden Hälften der Korallenkette unseres

Ratsherrn und die anderen von ihm gestifteten Kostbarkeiten aus der Jakobikirche und den anderen Gotteshäusern geräumt und zugunsten des Rates versteigert worden sein.

Doch brauchen nicht alle Bestimmungen unseres Testaments so ausführlich kommentiert zu werden. Dessen Wortlaut wird nämlich mit dem Fortschreiten des Textes gleichförmiger. Auf der anderen Seite bleibt es aber nicht bei Schenkungen wie den erwähnten. Es kommen andersartige Verfügungen hinzu, und diese lassen uns den Testator von einer neuen Seite kennenlernen.

Zunächst aber bleibt unser Ratsherr bei Korallen. An seine Verfügung über die Korallen-Kette knüpft er assoziierend eine Bestimmung über eine weitere Gebetsschnur, ein Paternoster ebenfalls aus Korallen an, weil dieses, wie er schreibt, *darby in der laden licht.* Wir werden also für einen Augenblick in das Innere eines Göttinger Ratsbürgerhauses geführt[16]. Dieses Korallen-Paternoster gebe er, so fährt Hans von Oldendorp fort, «dem kleinen St. Jacob, meinem lieben heiligen Apostel», und damit drückt er sich zwar eindeutig im Hinblick auf seine Zuneigung zu diesem Heiligen aus, jedoch könnte unklar sein, wen er eigentlich meint. Der kleine St. Jacob: das müßte eigentlich Jacobus minor sein, der jüngere Apostel Jacob, aber aus einem später noch zu nennenden anderen Dokument geht hervor, daß Hans von Oldendorp mit dem kleinen Jacob eine kleine Figur eines Apostels, und zwar des Patrons der Jacobi-Kirche, also des berühmteren älteren Jacobus gemeint hat.

Danach wird das Testament nun aber summarisch. Hans von Oldendorp macht das, was viele mittelalterliche Testatoren gleich zu Anfang ihres Testaments tun, er beschenkt nämlich alle Kirchen seines Wohnortes. Er bildet dabei zwei Gruppen. Die wichtigeren Kirchen erhalten je 10, die kleineren bekommen je 5 Gulden. 10 Gulden empfangen die Spitalskirche zum heiligen Kreuz vor dem inneren Geismar-Tor, die Nikolai- und die Marienkirche, die Kapelle des Heilig-Geist-Spitals, von dem die Geiststraße ihren Namen führt, die Paulinerkirche, die Johanniskirche, die schon erwähnte Spitalskirche St. Bartholomäus, die ebenfalls schon genannte Barfüßer- sowie die Albanikirche.

Je 5 Gulden gehen an die Sankt-Jürgen-Kapelle vor der Mauer auf dem Gelände der heutigen Bühlstraße, an die Kapelle, welche sich auf dem Hofe des Klosters Walkenried auf dem Gelände des heutigen Amtshauses unweit des Rathauses befand, und die Fronleichnamskapelle an dem Ort, wo die Mauerstraße von der Wendenstraße abzweigt.

Das Testament des Hans von Oldendorp führt uns mit diesen Bestimmungen dreierlei vor. Zunächst läßt es uns noch einmal erkennen, daß wir es hier mit einem vermögenden Mann zu tun haben. Denn insgesamt gehen an die Göttinger Kirchen, nimmt man die anfangs erwähnten 10 Gulden für die Jakobikirche hinzu, 115 Gulden. Zum anderen aber tun wir gewissermaßen einen Blick auf die *Gottingia sacra*: 13 bzw. – wenn man das kurz vor der Reformation gegründete Annenkloster hinzunimmt – 14 Gotteshäuser in einer Stadt mit vor der Reformation 1110 Haushaltungen[17], d.h. gut 5000 Bewohnern: das ist auch für mittelalterliche Verhältnisse viel, selbst dann wenn wir drittens sehen, daß drei dieser Kirchen so klein waren, daß die Messen in ihnen nur halb soviel kosteten wie in den anderen.

Im übrigen hätte Hans von Oldendorp noch eine weitere Kirche bedenken können, die zwar außerhalb der Stadt lag, den Göttinger Bürgern jedoch sehr nahestand. Das war die Kirche des Spitals in Reinhausen. Vielleicht hat der Ratsherr diese Kirche deshalb übergangen, weil er im Jahre 1469 als vom Rat bestellter Vorsteher dieses Hospitals amtiert[18] und damals möglicherweise festgestellt hatte, daß die dort geleisteten Gebete nicht besonders vertrauenerweckend waren.

Dennoch war der Betrag, den Hans von Oldendorp für die Göttinger Kirchen einsetzte, hoch, aber dafür wurden nun auch in 13 Kirchen für ihn und für seine beiden Ehefrauen Gedächtnismessen gefeiert, wurde in 13 Kirchen an der Verkürzung ihrer Zeit im Fegefeuer gearbeitet, und dies, jedenfalls der Absicht des Testators zufolge, für eine womöglich sehr lange Zeit, nämlich bis zum Jüngsten Tag, tatsächlich, wie wir wissen und wie er Gott sei Dank nicht ahnen konnte, nur für ein halbes Jahrhundert, denn mit der Reformation war das alles vorbei. Nicht nur in diesem Testament, sondern auch in den anderen Göttinger Quellen und in den meisten Dokumenten der deutschen Geschichte des 15. Jahrhunderts deutet nichts darauf hin, daß Luther und die Reformation so nahe waren. Die Göttinger – und die damaligen Deutschen insgesamt – waren um 1500 so fromm und so kirchentreu wie niemals zuvor[19].

So sollte es denn auch mit diesen Messen und mit diesen 115 Gulden des Hans von Oldendorp nicht genug sein. Der Testator fährt vielmehr fort mit Stiftungen, wie wir sie nun schon kennen. Wiederum die Muttergottes, diesmal jedoch die Patronin der Marienkirche in der Neustadt, erhält ein Altartuch und ein zweites Korallenpaternoster, und sie erhält einen Ring, den Hans von Oldendorp am Finger trug und der, so erfahren wir, mit einem wilden Mann und einem Fräulein geschmückt war, d.h. mit zwei Figuren aus dem Umkreis von Themen der ursprünglich höfischen Literatur und Kunst.

Für den Ratsherren einer größeren Stadt war ein solcher Ring nicht unpassend, denn er zeigte auf seine Weise, daß sein Träger ein gemachter Mann war und teilhatte an der feineren und das heißt selbstverständlich auch in den Städten: adlig geprägten Kultur seiner Zeit. Aber was sollte die Gottesmutter mit einem solchen Ring? Unser Ratsherr hatte einen solchen Zweifel anscheinend nicht, denn er hat den Ring keineswegs etwa einfach als Wertgegenstand für den Verkauf oder zum Einschmelzen gestiftet. Er faßt diese Gabe durchaus als symbolisch auf. Mit diesem Ringe, so schreibt er, vertraue ich mich der lieben Muttergottes an, damit sie meine treue Fürbitterin bei ihrem lieben Sohn sei, jetzt und zu aller Zeit, wenn ich das besonders nötig haben werde. Hans von Oldendorp verlobte sich sozusagen mit Maria, und es mag auch sein, daß er eine bildliche Vorstellung von diesem Vorgang hatte, denn in Dominikanerkirchen wurde gern die Verlobung der Heiligen Katharina mit dem Christuskind dargestellt[20].

Es folgen weitere Spenden von sakralen Gegenständen, auch sie in einer Weise abgestuft, die wir schon kennen. Die Pauliner- und die Barfüßerkirche erhalten ein Altartuch und ein Meßgewand aus grüner Seide, die St.-Jürgen-Kapelle nur ein buntes, also wohl ein wollenes Meßgewand. Wo die Messen billiger waren, da brauchten auch die Meßgewänder nicht so kostbar zu sein. Man sieht also, daß unser Ratsherr auch dort rechnet, wo wir im allgemeinen das Rechnen für unpassend halten, und das gilt nicht nur für diesen Ratsherren und sein Testament, sondern für das Mittelalter insgesamt. Soweit wir Gott überhaupt etwas zutrauen, trauen wir ihm das Rechnen nicht zu, sondern vielmehr den Blick in unser Herz. In mittelalterlichen Vorstellungen war Gott dagegen auf Quantitäten bedacht. Er schätzte lange Gebete höher als kurze, viele Gebete mehr als wenige, und er ließ sich auch durch die Kostbarkeit dessen gewinnen, was zu seiner Verehrung in sein Haus, in das Kirchengebäude, gebracht wurde.

Kostbar und teuer dagegen und überdies origineller als sakrale Gewänder sind die an nächster Stelle genannten frommen Gaben. Hans von Oldendorp wechselt jetzt nämlich, mit den heutigen Begriffen der Kunsthistoriker gesagt, vom Kunstgewerbe zur Großplastik. Vor drei der vier Göttinger Tore, leider wird nicht gesagt vor welchen, sollen auf seine Kosten steinerne Reliefs aufgestellt werden. Auf dem einen sollen eine Krönung Christi, d.h. die Dornenkrönung, und die Apostel Johannes und Jacobus minor zu sehen sein, auf dem zweiten die Geißelung Christi wiederum zwischen zwei Aposteln und auf dem dritten die Heilige Dreifaltigkeit zwischen Maria und Maria Magdalena.

Was die Testamentsvollstrecker hier für 80 Mark in Auftrag geben sollten, für eine große Summe, die um einiges höher war als das, was das Testament den Kirchen in bar zugewendet hatte, sollte also ein Teil einer Reihe der Kreuzwegstationen sein und damit etwas, was um 1500 durchaus aktuell war. 15 Jahre nach der Zeit, als Hans von Oldendorp sein Testament niederschrieb, entstanden z.B. in Nürnberg die Kreuzwegstationen des berühmten Adam Kraft[21].

Der Gedanke an einen Kreuzweg liegt auch deshalb nahe, weil unser Testator bei diesem Legat durchaus an Wege und Wegesicherheit denkt. Gott, Maria und die Heiligen, die auf den Reliefs darzustellen waren, sollten Göttingen und dessen Einwohner und die arme Seele des Testators schützen, so heißt es zunächst recht allgemein. Doch aus der folgenden Bestimmung kann man vielleicht entnehmen, daß hier auch an die Sicherheit des Weges in die Stadt und aus der Stadt hinaus gedacht war. Denn Hans von Oldendorp setzt die Liste seiner Zuwendungen *ad pias causas* mit einer Bestimmung fort, die nur scheinbar in eine andere Richtung ging. Was etwa von den erwähnten 80 Mark, so ordnet er an, nicht für die drei großen Steinreliefs benötigt würde, das sollte dem Rat für öffentliche Bauten zur Verfügung stehen und hier vor allem für die Verbesserung der Wege und der Brücken.

Eine Verbesserung der Wege aber stellten auch die drei Reliefs dar. Die geistliche und die materielle Wegesicherung liegen dicht beieinander. Aber wie sollte es auch anders sein zu einer Zeit, wo der Ablaß eines der probatesten Mittel war, um öffentliche Bauten zu finanzieren, Kirchen, aber durchaus auch Brücken, bis hin zu jenem Ablaß, an dem sich dann wenige Jahre später der Protest Martin Luthers entzünden sollte und der ja ebenfalls einem Bauwerk, nämlich der Peterskirche in Rom diente[22]? Daß auch die materielle Sicherung von Wegen ein geistlich verdienstliches Werk sein konnte[23], das erklärt sich nicht zuletzt daraus, daß die mittelalterlichen Wege nicht bloß von Kaufleuten und von Söldnern benutzt wurden, sondern auch von Pilgern. Wegesicherung im materiellen wie im geistlichen Sinne diente den Wallfahrern, und so ist es ganz konsequent, wenn in unserem

Testament auf jene drei Relieftafeln vor den Göttinger Toren eine – letzte – Gruppe von Zuwendungen *ad pias causas* folgt, deren Gegenstand Wallfahrten sind.

Das könnte überraschend klingen, denn wie hätte unser Testator noch zum Pilger werden sollen? Er war ein alter Mann, als er sein Testament niederschrieb, und er war überdies krank. Er spricht vom Husten oder, so könnte man nicht ohne Mitgefühl sagen, vom schlechten Klima auf dem Grunde des Leinetals, und er ist auch kurze Zeit nach der Niederschrift seines letzten Willens gestorben[24]. Was sollte unter diesen Umständen das Pilgerwesen in seinem Testament?

Die Antwort ist einfach. Den nahen Tod vor Augen, fiel es Hans von Oldendorp auf die Seele, daß er auf diesem Feld einiges versäumt hatte. Der Reichtum, vom dem sein Testament Zeugnis ablegt, der hatte erarbeitet werden müssen, und wenn Hans von Oldendorp seit 1456 Göttinger Ratsherr gewesen war, dann hatte ihn auch das Zeit gekostet[25].

Doch hätte er natürlich trotzdem einen heiligen Ort aufsuchen können, zumal die Reise ja nicht gleich nach Jerusalem oder nach Rom oder zum Patron der Göttinger Jakobi-Kirche, also nach Spanien, nach Santiago de Compostela hätte gehen müssen. So etwas hat Hans von Oldendorp wohl fern gelegen, denn er spricht von einer Wallfahrt zum Heiligen Blut, die er lange Zeit schuldig gewesen sei und doch nicht unternommen habe. Es wird nicht klar, ob er hier von Schuldigkeit im allgemeinen spricht, von der Verpflichtung jedes Frommen zum Aufsuchen heiliger Orte, oder ob er sich daran erinnert, daß ihm eine solche Wallfahrt einmal wegen eines geistlichen Vergehens als Buße auferlegt worden sei. Wie auch immer: nun war es offensichtlich zu spät, und der moderne Sozialkritiker weiß sich hier zum erstenmal in Übereinstimmung mit den mittelalterlichen Zuständen, wie sie ihn aus einem solchen Testament anstarren. Was immer dieser reiche alte Göttinger für sein Seelenheil an Geldmittel einzusetzen bereit war: hier offensichtlich tat sich die Grenze seiner Möglichkeiten auf.

Doch würde, wer dies vermutet, das Ausmaß der schon erwähnten Arbeitsteilung im Mittelalter verkennen. Was dem modernen Betrachter beinahe undenkbar erscheint, das war hier möglich. Ebenso wie ein Fremder mit einem Gebet beauftragt werden konnte, falls er gleichzeitig dafür entschädigt wurde, so auch mit einer Wallfahrt, und so war für unseren Testator noch nichts verloren. Er brauchte nur weitere Mittel *ad pias causas* einzusetzen, und das hat er getan. Er stellte in sein Testament Geldbeträge für Wallfahrer ein, die sich statt seiner auf den Weg machen sollten. Er pilgerte nicht, aber er ließ pilgern.

Die Ehefrau des Testators wurde gebeten, Wallfahrer, einen oder vielleicht auch mehrere, auf ihre Kosten zum Heiligen Blut pilgern zu lassen, d.h. zu einem Ort, wo man rot gefärbte Hostien oder andere Partikel verehrte, von denen man glaubte, daß an ihnen Christi Blut selber zutage getreten sei. Solche Orte gab es vor der Reformation in nicht geringer Zahl[26], und so kann man nicht sagen, was unserem Hans von Oldendorp hier wohl vorgeschwebt haben mag. Eine teure Lösung wäre die Wallfahrt nach Wilsnack in der westlichen Mark Brandenburg gewesen, die billigste eine Pilgerreise nach Mariengarten bei Friedland, eine Möglichkeit dazwischen bot Gottsbüren auf dem anderen Ufer der Weser[27].

Vielleicht aber meinte Hans von Oldendorp tatsächlich bloß Mariengarten. Zu einer solchen Annahme können die nächsten Bestimmungen des Testaments veranlassen. Denn da Hans von Oldendorp einmal dabei ist, Pilger auf seine Kosten und zu seinem Seelenheil auf den Weg zu schicken, begnügt er sich nicht mit einem, sondern er schickt noch vier andere los, die je ein Pfund Wachs zur Maria beim Leinesteg[28] bringen sollen, und einen weiteren mit einer lebendigen Opfergabe, also einem Tier. Zwei andere sollen Wachs zu einem Bild des Heiligen Bernhardin von Siena[29] bei den

Franziskanern bringen und vier andere wiederum ein lebendes Opfer nach Nikolausberg.

Und da Hans von Oldendorp gerade dabei ist, die Nikolausberger Kirche zu bedenken, setzt er, wiederum assoziativ anknüpfend, auch einen Betrag von 4 Gulden für diese Kirche ein, und dann kommt er, ganz richtig, von der Nikolausberger Wallfahrtskirche zu der Klosterkirche in Weende[30]. Ein Faß Bier und Brot in gewöhnlicher Menge sollen an die Nonnen dort gehen – auch hier wird also eine Art von Tarif sichtbar –, damit – und das wäre wiederum die erhoffte Gegenleistung – «der heilige Freund St. Nikolaus» ebenfalls bei Gott für den Göttinger Ratsherrn Fürbitte leiste und damit die Klosterfrauen von Weende das große Gebet für ihn sprächen und ihn überhaupt in ihr Gebet aufnähmen.

Wie schon angedeutet, hatte unser Ratsherr nichts Ungewöhnliches vor, wenn er andere religiös verdienstliche Leistungen zugunsten seiner Seele und auf seine Kosten vollbringen lassen wollte. Denn es gab sogar kirchliche Großorganisationen, welche seit dem hohen Mittelalter zu einem solchen Zweck zur Verfügung standen, und die eine der von Hans von Oldendorp bedachten Kirchen, nämlich die Marienkirche, war aufgrund solcher Leistungsverhältnisse entstanden. Der Inhaber der Kirche, der Deutsche Orden, ursprünglich ein Kreuzzugsorden, tat im Grunde nichts anderes als die von Hans von Oldendorp auf den Weg gebrachten Pilger. Auch er leistete Pilgerschaft, wenn freilich auch eine spezielle, nämlich bewaffnet, auf Kosten und zugunsten solcher Christen, die selber nicht als Kreuzfahrer ins Heilige Land ziehen konnten. Sie kamen stattdessen für die Kosten auf, und die Frucht davon waren die deutschen Besitzungen des Deutschen Ordens wie z.B. seine Göttinger Kommende mit der Marienkirche in der Neustadt[31].

Das freilich dürfte einem Göttinger Ratsherren des späten 15. Jahrhunderts schon nicht mehr deutlich gewesen sein. Wenn er Pilger für Geld einsetzte, dann schwebte ihm gewiß ein anderes Vorbild vor Augen, nämlich eine auch sonst vielfach übliche Verbindung religiös verdienstlicher Werke mit Gaben an arme Leute. Denn die Pilger, welche sich nach dem Tode unseres Testators auf seine Kosten aufmachen sollten, waren gewiß Arme, die sich auf solche Weise ein Almosen verdienten.

Das geht auch direkt aus dem Testament hervor. Denn vor den Bestimmungen über die Wallfahrten findet sich eine – von mir vorhin nicht erwähnte – Klausel zugunsten von Armen. Hans von Oldendorp setzt ihnen eine Spende von Brot und Bier aus. In der assoziierenden Manier, die wir nun schon kennen, läßt er auf diese Brot- und Bierspende die Wallfahrten folgen. Er mag die armen Leute vor seinem inneren Auge gesehen haben, die sich nun, mit Brot und Bier gestärkt, auf den Weg machten: zu seinem Seelenheil, aber womöglich auch zu ihrem eigenen, denn wenn sie die Opfergaben des Hans von Oldendorp in Nikolausberg und an den anderen Bestimmungsorten ablieferten, dann taten sie gut daran, auch an ihre eigene Seele zu denken und für sich selber zu beten. Nicht zuletzt aber half diesen Armen die testamentarische Bestimmung unseres Ratsherren schon im Leben ein Stück weiter.

Wenn man einen Augenblick das damals Mögliche oder Wahrscheinliche erwägt und das, was Hans von Oldendorp in seinem Testament anordnete, in ein breiteres Umfeld stellt, dann wird wahrscheinlich, daß die von ihm Begünstigten sich ein Almosen auf solche Art nicht zum erstenmal verdienten. Sie mochten schon wiederholt auf solche Weise unterwegs gewesen sein, vielleicht sogar über weitere Strecken, denn wir kennen Testamente, welche Stellvertretungswallfahrten z.B. nach dem vorhin schon genannten Santiago de Compostela ansetzen. Und eine andere Möglichkeit, sich ein Almosen zu verdienen, bestand z.B. darin, an Seelenmessen teilzunehmen, für die nicht nur die direkten Kosten, wie in unserem Testament, sondern darüber hinaus auch Spenden für daran teilnehmende arme Leute ausgesetzt waren, Diäten für Gottesdienstteilnehmer gewissermaßen. Solche Legate waren vielfach üblich – auch wenn unser Hans von Oldendorp eine solche Möglichkeit nicht ergriffen hat.

Vielleicht aber darf man sagen, daß das von ihm auch gar nicht zu erwarten war. Legate dieser Art wurden eher dort, wo ganze Altäre gestiftet wurden, als in Verbindung mit der Stiftung einzelner Messen gemacht. Damit aber wäre schon die Dimension angedeutet, welche die kirchlichen Zuwendungen des Hans von Oldendorp hatten. Sie waren reich, aber sie lagen durchaus nicht an der oberen Grenze dessen, was sich reiche Stadtbürger damals leisteten. Sie lagen wohl eher im Rahmen dessen, was von einem Mann wie Hans von Oldendorp zu erwarten war, im Rahmen des Üblichen, so wie er es bei der ersten der geistlichen Bestimmungen seines Testaments selber sagte.

Was aber war von Hans von Oldendorp zu erwarten? Auf eine solche Frage antworten nicht nur die zitierten Testamentsbestimmungen, sondern auch die in der zweiten Hälfte seines letzten Willens und natürlich die weiteren Nachrichten, die das Göttinger Archiv über ihn enthält.

Die freilich sollen jetzt noch nicht zur Geltung gebracht werden. Der Blick soll zunächst auf das Testament beschränkt bleiben. Aber auch so wird einiges von dem Leben des Hans von Oldendorp sichtbar. Daß er 18 Jahre lang oder, realistischer gesagt, während eines Zeitraumes von 36 Jahren turnusmäßig in jedem zweiten Jahr Göttinger Ratsherr war, das wurde schon gesagt. Als Hans von Oldendorp sein Testament niederschrieb, da war er gewiß eine der prominentesten Figuren des damaligen Göttinger Establishments. Man sieht das auch an den Namen derer, welche er als ihm besonders nahestehend zu Testamentsvollstreckern einsetzte: vier Ratsherrn, den einen Ratssekretär und dann noch einen weiteren nicht so prominenten Bürger[32]. Der zweite Ratsschreiber wird im Testament mit einer Gabe bedacht. Auch er stand also Hans von Oldendorp nahe. Im übrigen aber werden im zweiten Teil des Testaments natürlich die Blutsverwandten genannt und mit Legaten versehen: ein Oheim des Testators und dessen Sohn, zwei Schwäger und deren Frauen sowie eine Nichte.

Kinder werden nicht beschenkt, und das kann Kinderlosigkeit, aber das kann auch bedeuten, daß Hans von Oldendorp seine Kinder überlebt hatte. Gelegentlich liest man, daß die Lebenserwartung der Menschen damals nur dreißig Jahre betrug. Das mag rechnerisch nicht unrichtig sein, aber es erweckt einen falschen Eindruck. Auch im Mittelalter wurden viele Menschen alt – wie unser Hans von Oldendorp, der gewiß über die sechzig war, als er sein Testament machte. Das niedrige Durchschnittsalter kommt dadurch zustande, daß sehr viele Kinder gleich nach der Geburt, viele in jungen Jahren und nicht wenige Menschen als junge Erwachsene starben, so daß ein Vater oder eine Mutter ihre Kinder leicht überleben konnten.

So erlaubt ein solches Testament einen Blick auf die, welche dem Testator nahestanden, und damit auch auf seine Person. Das aber gilt erst recht von dem, worüber er verfügte. Was also vermachte Hans von Oldendorp denen, die ihm nahestanden?

Er verfügte zum ersten auch in dieser zweiten Hälfte seines Testaments über – kleine – Bargeldbeträge, sodann über Hausrat und anderen mobilen Besitz und drittens schließlich über Immobilien.

Bei den Immobilien handelt es sich um ein nicht näher benanntes Gut, ein bäuerliches Anwesen in Stockhausen, einem der Göttingen benachbarten Dörfer, und um einen Hof im Alten Dorf, d.h. um ein Anwesen in der Langen oder in der Kurzen Geismar-Straße und damit wohl um jenes Grundstück, dem Hans von Oldendorp seinen Zunamen verdankte, einen gewissermaßen ackerbürgerlichen Besitz, wie man auch der Nennung von Haus und Scheune entnehmen kann.

Gewohnt freilich hat Hans von Oldendorp, wie schon gesagt, nicht hier, sondern in seinem an einer späteren Stelle des Testaments genannten und seiner Frau vermachten Haus, in einem Anwesen, das dem ersten Teil des Testaments zufolge im Jakobi-Kirchspiel gelegen haben muß und dort auch gelegen hat, nämlich in der Weender Straße, wie man aus anderen Quellen weiß[33].

Dieses Haus und allen nicht im einzelnen genannten Besitz vermachte Hans von Oldendorp seiner Frau, während die beiden anderen Anwesen ihr nur zu Lebzeiten zukommen, nach ihrem Tode jedoch an die Blutsverwandten des Erblassers gehen sollten, entsprechend den herkömmlichen deutschen Rechtsnormen, welche das Verfügungsrecht über ererbten Grund und Boden einschränkten.

Frei verfügen konnte ein Erblasser dagegen über seinen mobilen Besitz. Im einzelnen freilich gab es auch hier Normen, denen Hans von Oldendorp z.B. dergestalt folgte, daß er sein Hauspersonal, daß er seine Mägde beschenkte, und zwar mit Bettzeug. Von heutigen Verhältnissen aus gesehen könnte es scheinen, als würden hier Hausangestellte in schäbiger Weise mit alten Sachen abgespeist. Doch lehrt schon unser Testament, daß das nicht der Fall gewesen sein kann. Denn Bettzeug erhalten auch die Verwandten des Hans von Oldendorp. Und ein Blick auf andere Testamente zeigt, daß Bettzeug, daß vor allem Federbetten und Kissen ebenso wie metallene Gefäße zu den in letzten Verfügungen am häufigsten genannten Gegenständen gehört haben. Sie waren wertvoll und wurden augenscheinlich über mehrere Generationen hin benutzt – in Zeiten, die von einer chemischen Reinigung noch nichts wußten. Wer heute die Mittel hätte, drei große steinerne Reliefs auf seine eigenen Kosten aufstellen zu lassen, und wer darüber hinaus über ein Haus in der Weender Straße, über ein Anwesen in einer der beiden Geismar-Straßen und über einen ländlichen Besitz verfügte, der würde in seinem Testament wohl nicht von Federbetten reden. Die Wertrelationen haben sich in den Jahrhunderten dazwischen in einem Maße verschoben, das es uns schwer macht, die zu erweisende Tatsache, daß jemand um 1500 reich gewesen ist, mit näheren Vorstellungen auszufüllen.

Aus diesem Grunde darf man auch nicht jene Bestimmung mißverstehen, in welcher Hans von Oldendorp von seinen Büchern spricht. In einem modernen Testament würde ein solcher Passus auf eine kleine Bibliothek schließen lassen. In dem Göttinger Testament von 1491 dürften schwerlich mehr als zehn Bände gemeint sein. Und auch wenn es weniger gewesen wären: ein Gebetbuch z.B., ein Band mit erbaulichen Texten und vielleicht eine Sammelhandschrift mit Rezepten für Mensch und Tier und zwei oder drei erzählenden Texten aus dem Bereich jener höfischen Literatur, dem auch der Ringschmuck unseres Erblassers entnommen war, auch dann wäre diese Bestimmung bemerkenswert. Denn es gibt nicht viele stadtbürgerliche Testamente, in denen von Büchern die Rede ist, und das heißt wohl, daß Bücher in städtischen Häusern damals selten waren. Hans von Oldendorp reicht mit seinem Testament freilich schon in eine neue Zeit herein. In seinen letzten Lebensjahren waren die gedruckten Bücher, die zunächst ebenso teuer gewesen waren wie die handgeschriebenen, billiger geworden. Vielleicht war das überhaupt die Voraussetzung dafür, daß ein Mann wie er Bücher erwarb, obwohl die silbernen Becher und die bisher nicht genannten silbernen und mit einem Stern verzierten Löffel, über welche er auch verfügte, und vor allem die reichen geistlichen Schenkungen im ersten Teil seines Testaments auch teure Handschriften und ebenso teure frühe Drucke in seinen Besitz denkbar erscheinen lassen, zumal die so unübersehbar individuell getönten geistlichen Bestimmungen seines Testaments vielleicht auch darauf hindeuten, daß dieser Hans von Oldendorp anders als die meisten reichen Stadtbürger seiner Zeit zuweilen ein frommer Leser gewesen ist.

Das Testament des Hans von Oldendorp verrät uns also nicht eben wenig über einen Ratsbürger des ausgehenden Mittelalters. Aber da wir es in ihm mit einem Göttinger Ratsherren zu tun haben, sind wir nicht bloß auf sein Testament angewiesen. Göttingen gehört zu den Städten, die ein reiches Archiv besitzen. Es ist in dieser Hinsicht sehr viel günstiger gestellt als beispielsweise Hamburg oder Bremen oder neuerdings auch Lübeck, und so kann man das Bild eines solchen Mannes, wie es uns in dem einen Testament entgegentritt, ohne viel Mühe weiter ausführen, indem man sich z.B. das publizierte Göttinger Stadtrecht ansieht oder am Ende einfach einen Vormittag im Göttinger Stadtarchiv verbringt.

Das publizierte Stadtrecht, also die im Jahre 1907 von Goswin von der Ropp veröffentlichten Göttinger Statuten, präsentieren uns, die wir den alten Hans von Oldendorp nun kennen, den jungen Mann dieses Namens, den Sohn eines angesehenen Vaters, der sich in Göttingen mit anderen Angehörigen seiner Sozialschicht in einer Art von Club ebenso zusammenschloß, wie das an anderen Orten der Fall war. Die besseren jungen Männer versammelten sich in Göttingen in der Barfüßerstraße, auf jenem Grundstück , wo sich heute das Quelle-Kaufhaus befindet. Im 15. Jahrhundert lagen hier das Versammlungslokal der reichen Kaufleute, der Saal, und eben das Clubhaus ihrer Söhne, die Burse, das immer wieder zum Ausgangspunkt lärmender Umzüge durch die Stadt wurde. Im Jahre 1445 war Hans von Oldendorp, er mag damals 20 Jahre alt gewesen sein, einer der Vorsteher dieser Genossenschaft[34].

Wie früher gesagt, hat Hans von Oldendorp schon damals oder jedenfalls später sozusagen um die Ecke herum gewohnt: in der Weender Straße auf einem Grundstück, auf dem sich bis vor einigen Jahren das Juweliergeschäft Knauer befand und auf dem heute das Ledergeschäft Wrede angesiedelt ist. Über das auf diesem Grundstück befindliche Haus ist elf Jahre nach dem eben erwähnten Datum, also 1456, auf Antrag des Hans von Oldendorp im Göttinger Rat entschieden worden. Und da die Göttinger Ratsherren dieser – wir würden sagen: baupolizeilichen – Entscheidung grundsätzliche Bedeutung beimaßen, haben sie sie dort festgehalten, wo sie solche Präzedenzfälle sammelten, in ihrem Ordinarius, einer Handschrift, welche die Ratsgesetze enthält[35].

So können wir nun dort nicht nur lesen, in welcher Weise Hans von Oldendorp sein Haus umbauen wollte, sondern wir lernen auch die Göttinger Straßen oder doch jedenfalls die Weender Straße des Jahres 1456 von einer neuen Seite kennen.

Was hatte Hans von Oldendorp vor? Er wollte ein Fenster an seinem Hause anbringen und einen *sedil*, eine Sitzgelegenheit also, in seinem Hause.

Man muß das wohl so verstehen, daß er einen Ausguck schaffen wollte, eine Bank, von der aus sich bequem das Leben auf der Weender Straße überblicken ließ, und man könnte darüber nachdenken, wie sich das wohl architektonisch ausgenommen hat, ob Hans von Oldendorp etwa die traditionelle, große, gewerblich genutzte Diele umbauen lassen wollte, ob er sozusagen auf dem Wege war, aus einem spätmittelalterlichen Bürgerhaus, das durch die Trennung in einen Wirtschaftsteil unten und in einen Wohnteil darüber charakterisiert war, ein frühzeitliches Wohnhaus zu machen, das sich durch einen Erker von seinen altmodischen Nachbarhäusern unterschied[36]. Vielleicht wollte Hans von Oldendorp auch ein wenig repräsentieren, soweit das mit den Mitteln der damaligen Bürgerhausarchitektur möglich war. Denn in dem Jahr, in welchem der Rat zugunsten seines Hauses beschloß, wurde Hans von Oldendorp selber zum erstenmal in diesen Rat gewählt.

Was immer Hans von Oldendorp aber auch vorgehabt haben mag: er brauchte eine Erlaubnis des Rates. Das lag jedoch nicht daran, daß der Göttinger Rat etwa in Bausachen besonders heikel gewesen wäre und womöglich etwas gegen Fenstererker gehabt hätte. Hans von Oldendorp mußte den Rat in der Bausache vielmehr deshalb bemühen, weil sein Projekt öffentliche Interessen berührte. An der Stelle seines Hauses, wo er das neue Fenster anbringen wollte, saß nämlich ein städtischer Schlagbaum, und der Antrag des Hans von Oldendorp zielte darauf, diesen Schlagbaum von seinem Hause zu entfernen und an einer eigens auf der Weender Straße zu errichtenden kleinen Säule anbringen lassen zu dürfen.

Man sieht also, daß man im ausgehenden Mittelalter die Weender Straße sperren konnte, und das galt gewiß nicht nur für diese Straße. Denn wir wissen aus anderen Städten, wo man die eisernen Träger der Schlagbäume noch heute sehen kann, wie z.B. in Lüneburg, oder wo man noch Ketten bemerkt, welche dieselbe Aufgabe gehabt haben wie die Schlagbäume, in Basel z.B. oder in Regensburg: wir wissen aus solchen Überresten und aus schriftlichen Nachrichten wie der unseren, daß die spätmittelalterlichen Städte gegen Feinde, welche die Mauern überwunden hatten, noch durch Straßensperren geschützt waren, durch Hindernisse, welche freilich auch aus anderem Anlaß heruntergelassen werden konnten. Das Signal auf welches hin die Besitzer der anliegenden Häuser, also z.B. Hans von Oldendorp, den Baum herunterließen oder die Kette schlossen, dieses Signal konnte auch bei innerstädtischen Unruhen ertönen[37].

Zu solchen Unruhen ist es im spätmittelalterlichen Göttingen – anders als in den meisten anderen mittleren und größeren Städten der Zeit – nicht gekommen. Aber auch in Göttingen war man auf einen solchen Fall vorbereitet, und das nicht nur durch den Schlagbaum des Hans von Oldendorp. Auch sonst herrschte in einer Stadt wie Göttingen eine recht rigide obrigkeitlich kontrollierte Ordnung. Wer diese Ordnung störte, fand sich unter Umständen sehr rasch nicht etwa von einem Sozialarbeiter betreut, sondern vielmehr in der Haft wieder, im Rathaus oder in einem Mauerturm. Zum Leben in einer spätmittelalterlichen Stadt gehört auch das.

Zum Sterben an diesem Ort aber führt ein Testament wie jenes, welches ich hier vorgeführt habe. Solche Testamente sind vielfach überliefert. Aus Lübeck waren bis zum letzten Krieg ca. 6400 erhalten. Aus Göttingen dagegen gibt es nur wenige. Unter diesen wenigen aber findet sich nicht nur das seit mehr als einem Jahrhundert veröffentlichte Testament des Hans von Oldendorp, sondern auch ein unveröffentlichtes und unbekanntes. Eingeklebt in eines der etwas unordentlichen Bücher, welche der Göttinger Rat am Ende des 15. Jahrhunderts führte, findet sich das Testament der ersten Frau unseres Göttinger Ratsherrn, also der Margarethe von Oldendorp[38].

Dieses Testament ist erheblich kürzer als das ihres Ehemanns – es kann hier trotzdem nicht mehr im einzelnen ausgebreitet werden. Doch mögen ein paar Details genannt sein wie zum Beispiel die Kleidungsstücke, welche Margarethe von Oldendorp, wie üblich, zu geistlichen Gewändern umarbeiten ließ. Da die Erblasserin in diesem Punkte sehr genau ist, wird ihr Testament zu einem kostümgeschichtlichen Dokument. Was die Frauen der Göttinger Ratsherren am Ende des 15. Jahrhunderts getragen haben, kann man diesem Testament zu einem beträchtlichen Teil entnehmen. Nicht weniger interssant ist jedoch, daß wir einige der in diesem Testament genannten Erbstücke schon aus der späteren Verfügung des Hans von Oldendorp kennen.

Wenn man nämlich die beiden Testamente vergleicht, dann stellt man fest, daß die Paternosterschnur, welche Hans von Oldendorp dem kleinen Jacobus, seinem lieben Apostel, zugedacht hatte, diesem schon von seiner Frau vermacht worden war, und die hat sich etwas genauer ausgedrückt als ihr Mann. Sie sagt nämlich, daß man diese Kette an das kleine Bild des Apostels hängen solle. Hans von Oldendorp hat bei der Abfassung seines Testaments das seiner Frau anscheinend vor Augen gehabt und aus der kleinen Jakobsstatue einen kleinen Jakob gemacht und damit Verwirrung angerichtet, denn der «kleine» Jakob wäre ja, genau genommen, ein anderer Jacobus als der Patron der Göttinger Jakobikirche gewesen. Jedenfalls hätte Hans von Oldendorp diese Kette gemäß dem Willen seiner Frau an die Jakobikirche geben und sie nicht in seiner Lade aufbewahren sollen. Und dasselbe gilt auch für die andere, auf die Marienstatuen in der Bartholomäuskapelle und in der Marienkirche aufgeteilte

Korallenschnur. Auch über sie hatte Margarethe von Oldendorp schon im Jahre 1485 verfügt.

Man sieht hieran, daß nicht alles, was in mittelalterlichen Urkunden zu lesen ist, Wirklichkeit geworden sein muß. Ob die beiden Korallenketten der Margarethe von Oldendorp, wenn schon nicht nach ihrem eigenen, dann doch wenigstens nach dem Tode ihres Mannes ihrer kirchlichen Bestimmung zugeführt worden sind, das läßt sich nicht sagen – so gut ist die Überlieferung nicht.

Doch verrät uns die Überlieferung etwas anderes. Sie läßt erkennen, daß jedenfalls die Marienstatue in der Bartholomäuskapelle im Jahre 1485, als Margarethe von Oldendorp ihr Testament abfaßte, einer solchen Korallenschnur dringend bedürftig war. Das Marienbild in der Friedhofskapelle am Wege nach Weende war nämlich mit einer solchen Kette schon einmal geschmückt gewesen. Doch dann war am 21. Juni 1484 ein Dieb in die Kirche eingebrochen und hatte die Kette sowie den Mantel der Maria geraubt. Die Kette hatte der Räuber so, wie sie war, mitgenommen, während er den seidenen Mantel, mit dem das Marienbild bekleidet war, ungeachtet der Kostbarkeit des Materials, nicht gebrauchen konnte. Er hat die silbernen Spangen des Mantels abgerissen und das Kleidungsstück selber, mit einem Stein beschwert, in einen Stadtgraben geworfen.

Wir wissen das so genau, weil die Sache herausgekommen ist. Der Dieb war so leichtsinnig, seine Beute, und zwar sogleich, in der Stadt unter die Leute zu bringen. Einen Teil des Rosenkranzes, passenderweise ein silbernes Kreuz, gab er im Bordell in Zahlung. Dann hat er sich freilich rasch davongemacht. Wir erfahren, daß er die vom Mantel der Maria gerissenen silbernen Spangen in Heiligenstadt einschmelzen ließ und auf diese Weise 8 Lot Silber gewann. Inzwischen wußten die Göttinger aber, wo sich der Dieb befand. Der Rat sandte den Gesellen eines Göttinger Silbergießers, dem der Dieb seine Beute anscheinend vergeblich angeboten hatte, sowie einen Ratsdiener nach Heiligenstadt, wo die beiden den Geflohenen auch fanden und festnahmen. Damit hatten sie sich freilich am städtischen Frieden von Heiligenstadt vergangen. Sie wurden selber verhaftet, weil der dortige Rat darauf Wert legte, den Prozeß gegen den Göttinger Dieb selbst zu führen. So war der Göttinger Rat genötigt, sich in Heiligenstadt etwas kompetenter vertreten zu lassen. Er entsandte am 27. Juni zwei Ratsherren, zwei Ratskollegen unseres Hans von Oldendorp, und den mainzischen Hauptmann von Rusteberg mit dem Auftrag nach Heiligenstadt, den Dieb nach Göttingen zu bringen, doch hatte der Göttinger Rat damit keinen Erfolg. Der Dieb wurde vielmehr am nächsten Tage, nachdem er sein Vergehen «ungenötigt», d.h. ohne Anwendung der Folter, gestanden hatte, mit dem Rad hingerichtet und anschließend auf dem Rad ausgestellt. Das Heiligenstädter Gericht beantwortete den Kirchendiebstahl also mit einer verschärften, den Delinquenten entehrenden Todesstrafe.

Ob die beiden Göttinger Ratsherren und der mainzische Hauptmann die Hinrichtung miterlebt haben, läßt sich nicht sagen. Sie haben jedenfalls dem Göttinger Rat darüber berichtet, und auf diese Weise ist der Vorgang nicht nur in die städtischen Akten gekommen[39], sondern wurde gewiß auch der Göttinger Ratmann Hans von Oldendorp genauestens informiert. Wenn seine Frau eineinhalb Jahre später bei der Abfassung ihres Testaments die Marienstatue in der Bartholomäuskapelle mit einem Rosenkranz bzw. einem Teil davon ausgestattet wissen wollte, dann stand ihr gewiß dieser Diebstahl vor Augen. Das Testament der Margarethe von Oldendorp ist im Hinblick auf die Stiftung einer halber Korallenschnur nach St. Bartholomäus als eine Wiedergutmachung des Unrechts zu verstehen, das der dortigen Marienstatue eben widerfahren war.

Unserem Ratsherren war die Sache, wie wir gesehen haben, so dringlich nicht. Sein Gewissen litt offensichtlich nicht darunter, daß die Muttergottes in der Bartholomäuskapelle nun weiterhin ohne Korallen dastand und daß sein lieber

Apostel Jacobus auf die ihm gehörige halbe Kette ebenfalls warten mußte.

Sollte man vermuten, daß die Mentalität unseres Ratsherren damit vielleicht von ähnlicher Art war, wie die des Einbrechers, der sich nicht gescheut hatte, ein Marienbild zu berauben? Und sollte man vielleicht den Rat von Heiligenstadt hinzunehmen, der sich bei der Verurteilung und Hinrichtung des Göttinger Diebes nicht daran kehrte, daß dessen Delikt eigentlich vor den geistlichen Richter gehört hätte und daß er Gefahr lief, aufgrund seiner richterlichen Tätigkeit seitens der geistlichen Behörde mit dem Interdikt bestraft zu werden?

Heißt das nicht, daß alle drei, daß der Heiligenstädter Rat, der Göttinger Dieb und auch unser Hans von Oldendorp, der das Testament seiner Frau nicht exekutierte, ganz einfach fühlten, was die Stunde gleich schlagen würde, daß sie also auf dem Wege waren, sich von der Übermacht kirchlich-religiöser Vorstellungen zu lösen und einem Zeitalter der freien Individuen, also der Neuzeit, die Bahn zu brechen? So hätte man das vielleicht vor einem Jahrhundert gesehen, und so findet man das in sozialgeschichtlichen Lehrbüchern manchmal auch heute noch.

Tatsächlich befinden wir uns auch angesichts solcher Verhaltensweisen ganz im Mittelalter. Wie das Verhalten des Hans von Oldendorp gegenüber dem Testament seiner ersten Frau zu erklären ist, ob wir es hier mit Berechnung oder mit Nachlässigkeit zu tun haben, das mag dahinstehen. Der Heiligenstädter Rat dagegen schied bei der Negierung geistlicher Gerichtsansprüche einfach zwischen der Kirche als Heilsvermittlerin und als konkurrierendem Herrschaftsträger – und er tat damit nichts anderes als viele Herrschaftsträger in allen Jahrhunderten des Mittelalters.

Der Göttinger Dieb schließlich war vielleicht nur ein verzweifelter Armer, aber vielleicht auch ein Outcast, ein landschädlicher Mann, um es mit dem Wort der zeitgenössischen Strafrechtspflege zu sagen. Vielleicht hatte er es satt, sich z.B.

als Lohnpilger durchs Leben zu schlagen, auf Testamente, wie das unseres Hans von Oldendorp, zu warten, vielleicht wollte er endlich einmal an mehr Geld kommen, als ihm in Göttingen in Gestalt von Almosen erreichbar war. Wenn er vor einem Kirchendiebstahl nicht zurückscheute, dann hatte er die mittelalterlichen Bindungen nicht hinter sich gelassen, sondern er hatte sie eher noch vor sich. Es fehlte ihm nämlich an jener religiösen Bildung, welche in den Städten seiner Zeit die meisten Leute inzwischen besaßen – nach langen Jahrhunderten kirchlicher Pädagogik, nach einem nun schon länger als zwei Jahrhunderte dauernden Wirken vor allem der städtischen Bettelorden.

Die Bürger und die Geistlichen freilich rechneten mit dieser Form der Kriminalität. Sie warnten in Predigtmärlein vor dem Schicksal von Kirchendieben und sie ließen, wie es z.B. in Lübeck bezeugt ist, des Nachts auf den Mann dressierte Hunde in die Kirchen einschließen[40]. Für eine kleine Kapelle wie die des Göttinger Bartholomäusspitals freilich wäre das wohl zu aufwendig gewesen.

Vom Ende des Mittelalters und vom Anfang der Neuzeit scheint also in diesem Testament aus dem Jahre 1491 wenig oder nichts zu spüren. Doch ergibt sich ein anderer Eindruck, wenn man sich seine rechtliche Form ansieht.

Das Testament der Margarethe von Oldendorp ist in Gestalt eines Chirographs überliefert, als eine Kerbschnitturkunde, deren Authentizität dadurch gesichert wurde, daß sie in doppelter Form vorhanden war und daß das eine am unteren und das andere Exemplar der Urkunde am oberen Rande einen unregelmäßigen Schnitt aufwies. Die so entstandenen Zacken mußten ineinander passen, wenn die beiden Exemplare der Urkunde echt sein sollten.

Das Testament unseres Ratsherren hat sich dieser Form der Beglaubigung nicht mehr bedient, sondern es ist gesiegelt, was freilich am Ende des 15. Jahrhunderts nicht weiter auffällig war. Auffällig ist jedoch, daß Hans von Oldendorp ein weiteres Mittel der Gültigkeitssicherung anwendet, daß er in einem besonderen Passus vermerkt, sein Testament solle auch als Kodizill gewertet werden. Hans von Oldendorp rechnete also, anders als seine Frau, mit römischem, mit gelehrtem Recht – und das mag im Zusammenhang der rechts- und verfassungsgeschichtlichen Entwicklung heißen: er rechnete mit dem Fortschritt.

Das aber war keineswegs etwa nur sein eigener Einfall, denn man kann sehen, daß gelehrtes Recht auch in dem Augenblick eingesetzt wurde, als sein Testament zur Wirklichkeit, als es eröffnet wurde.

Diese Eröffnung des Testaments nach dem Tode des Erblassers war ein öffentlicher Akt, der unter Zeugen stattfand, und auch die Auswahl dieser Zeugen wurde durch die herkömmlichen Rechtsnormen geregelt. Die Zeugen repräsentieren beide betroffenen Parteien: für den Erblasser standen dessen Testamentsvollstrecker, für die Witwe deren Verwandte. Deren Reihe wird von Heinrich von Nörten angeführt, einem alten Mann, der 46 Jahre zuvor zusammen mit Hans von Oldendorp den Vorstand der Bursengesellschaft gebildet hatte, der aber hier als der Vater von Hans von Oldendorps zweiter Frau anwesend war[41]. Als Ort des Geschehens wird freilich ein *pretorium* genannt, und das will ebensowenig zu dem Vorgang passen, wie der *locus consistorialis*, von dem die Protokollnotiz gleichfalls redet. Es scheint, als habe sich das Geschehen vom spätmittelalterlichen Göttingen ins antike Rom verlagert[42].

Das aber hat etwas mit dem damals in Mitteleuropa vordringenden und auch Göttingen erreichenden gelehrten Recht zu tun, das gerade im Zusammenhang von Testamenten Anleihen an die Terminologie des spätantiken Rechts geraten erscheinen ließ[43]. Entfernt man dieses antikisierende Kostüm, so kommt heraus, was herauskommen muß. Das Testament unseres Hans von Oldendorp ist weder in einem *praetorium* noch in einem *consistorium* rechtswirksam gemacht worden, sondern im Göttinger Rathaus.

Anmerkungen

1 Abgesehen von den ersten Absätzen und von kleinen Änderungen geht das Folgende auf einen Vortrag zurück, den der Verfasser am 19. November 1982 im Göttinger Rathaus zum 90. Geburtstag des Göttinger Geschichtsvereins gehalten hat. Der Text des Vortrages erscheint im 30. Band des Göttinger Jahrbuchs. Dessen Herausgebern ist für ihr freundliches Einverständnis mit dieser Veröffentlichung zu danken.

2 Ph. Ariès, Geschichte des Todes, 1980. Die französische Originalausgabe erschien 1978. Vorher erscheinen von dems. Verf.: Studien zur Geschichte des Todes im Abendland, 1976, französische Originalausgabe 1975. Fundamentale Kritik übt A. Borst, Zwei mittelalterliche Sterbefälle, in: Merkur. Deutsche Zeitschrift für europäisches Denken, 1980.

3 E. Friedell, Kulturgeschichte der Neuzeit 1, 1927.

4 Es kann z.B. weder die Rede davon sein, daß «die Kirche» das Abfassen von Testamenten mit der Exkommunikation erzwungen habe, noch ist es richtig, daß die Stiftungen *ad pias causas* «in unveränderlicher Reihenfolge» aufgereiht wurden. Geschichte des Todes (wie Anm. 2),S. 243.

5 Urkundenbuch der Stadt Göttingen vom Jahre 1401 bis 1500, hg. v. G. Schmidt, 1867 Nr. 374 S. 354-359. Vgl. auch den Katalog: Martin Luther und die Reformation in Deutschland, hg. vom Germanischen Nationalmuseum Nürnberg und vom Verein für Reformationsgeschichte, 1983, Nr. 70, und hier die S. 41-72(«Kirche und Frömmigkeit vor der Reformation») insgesamt.

6 Vgl. W. Nissen, Das Göttinger Stadtarchiv. Seine Geschichte und seine Bestände, 1969.

7 Spätmittelalterliche Testamente sind, obwohl als solche längst bekannt, in gewisser Weise erst in den letzten Jahren in ihrer Aussagekraft entdeckt worden – v.a. durch den früheren Lübecker Archivar Ahasver von Brandt, der aufgrund von zwei umfangreichen Bänden Lübecker Testamentsregesten eine eindringliche Studie veröffentlichte: Mittelalterliche Bürgertestamente. Neuerschlossene Quellen zur Geschichte der materiellen und geistigen Kultur. Zuerst 1973 und dann wieder in: Lübeck, Hanse, Europa. Gedächtnisschrift für A. v. Brandt , 1979. Vgl. auch den Überblick von R. Sprandel in: Quellen zur Hanse-Geschichte, hg. von dems. (Ausgewählte Quellen zur deutschen Geschichte des Mittelalters 36), 1982, S. 93ff. Die Aussagen der Lübecker Testamente hinsichtlich der materiellen Kultur hat M. Hasse in einer Reihe von Arbeiten untersucht. Darunter: Neues Hausgerät, neue Häuser, neue Kleider. Eine Betrachtung der städtischen Kultur im 13. und 14. Jahrhundert sowie ein Katalog der metallenen Hausgeräte, in: Zeitschrift für Archäologie des Mittelalters 7, 1979, erschienen 1981. Zu dem reichen Bestand der Wiener Testamente zuletzt G. Jaritz, Die realienkundliche Aussage der sogenannten ‹Wiener Testamentsbücher›,

in: Das Leben in der Stadt des Spätmittelalters (Veröffentlichungen des Instituts für mittelalterliche Realienkunde Österreichs 2), Wien 1977. Vgl. auch ders., Zur Lebenshaltung in niederösterreichischen Kleinstädten während des späten Mittelalters, in: Festschrift für F. HAUSMANN, Graz 1977.

8 Vgl. nur H. HATTENHAUER, Die Entdeckung der Verfügungsmacht. Studien zur Geschichte der Grundstücksverfügung im deutschen Recht des Mittelalters, 1969. Die entsprechenden Göttinger Normen von 1462 in Göttinger Statuten, bearb. von G. v. D. ROPP (Quellen und Darstellungen zur Geschichte Niedersachsens 25), 1907, Nr. 205. Vgl. auch R. KALLMANN, Das bürgerliche Recht der Stadt Göttingen im Mittelalter (Göttinger Studien zur Rechtsgeschichte 5), 1972, S. 65ff.

9 Hiermit dürfte wohl das ‹Psalterium Mariae› gemeint sein, d.h. das 150fache Beten des Ave Maria bzw., mit dem späteren Terminus gesagt: des Rosenkranzes. Vgl. K. J. KLINKHAMMER und G. RITZ in: 500 Jahre Rosenkranz. Katalog des Kölner Diözesanmuseums, 1975.

10 Vgl. W. KRONSHAGE, Die Bevölkerung Göttingens (Studien zur Geschichte der Stadt Göttingen 1), 1960, S. 204ff.

11 Es versteht sich, daß ein solcher Vergleich ebenso illustrativ wie unzulässig auch dann ist, wenn man ihn mit der Erwägung abstützt, daß der Betrag von 40 Gulden etwa den jährlichen Einkünften aus einer mittleren städtischen Pfarrpfründe entsprach. Im einzelnen kann man sich über die zur besseren Einordnung eines solchen Betrages notwendigerweise heranzuziehenden Sachverhalte nun am besten unterrichten bei U. DIRLMEIER, Untersuchungen zu Einkommensverhältnissen und Lebenshaltungskosten in oberdeutschen Städten des Spätmittelalters, 1978.

12 Eine Übersicht über die Göttinger Kirchen z.B. bei ANNELIES RITTER, Über die Gotteshäuser der Stadt Göttingen in der Reformationszeit, in: Göttinger Jahrbuch 3, 1954. Vgl. auch A. Saathoff, Aus Göttingens Kirchengeschichte, 1929, und R. VOGELSANG, Stadt und Kirche im mittelalterlichen Göttingen (Studien zur Geschichte der Stadt Göttingen 8), 1968.

13 Göttinger Statuten (wie Anm. 8), S. 485, Anm. 4.

14 Zum Rosenkranz bzw. zu der später so genannten, im 15. Jahrhundert aber meistens als Paternoster bezeichneten Gebetsschnur, mit deren Hilfe man z.B. den Marianischen Psalter (Anm. 9) betete, vgl. die Beiträge des Anm. 9 zitierten Katalogs sowie W. SCHULTEN, Kostbarkeiten in Köln, Erzbischöfliches Diözesanmuseum, Katalog, 1978, S. 79ff. Daß Paternosterketten aus wertvollem Material nicht nur ein Gegenstand religiösen Gebrauchs, sondern Schmuckstücke und Rangabzeichen gewesen sind, kann man vielen Gemälden des 15. Jahrhunderts entnehmen, aber es ist auch schriftlich bezeugt wie z.B. in einer Eingabe der reformwilligen Schwestern des Nürnberger Klara-Klosters an den Rat der Stadt, in welcher gefordert wird, goldene und silberne Kleinodien, darunter auch Paternoster und Fingerringe, welche einzelnen Schwestern gehörten, zum Nutzen des Kon-

vents zu verkaufen. Vgl. F. Machilek,in: Caritas Pirckheimer, 1467-1532, 1982, S. 74. Dementsprechend kommen wertvolle Paternoster in Testamenten immer wieder vor, z.B. im Jahre 1464 in Tulln (Niederösterreich). Hier werden zwei Korallenpaternoster vererbt, welche sich vor den in dem Göttinger Testament erwähnten dadurch auszeichnen, daß in ihnen die Korallenperlen durch Bisamäpfel gegliedert sind. Jaritz in: Festschrift Hausmann (wie Anm. 7), S. 258.

15 Heiligenbilder in den Kirchen werden mit Schmuck- und Kleidungsstücken ausgestattet (vgl. H. Wentzel, Bekleiden von Bildwerken, in: Reallexikon zur deutsche Kunstgeschichte, II, 1948,Sp. 219ff.), aber sie erhalten auch Gegenstände, welche zu ihren Gunsten verkauft werden sollen. Vgl. z.B. M. Hasse, Kleinbildwerke in deutschen und skandinavischen Testamenten des 13., 14. und frühen 15. Jahrhunderts, in: Niederdeutsche Beiträge zur Kunstgeschichte 20, 1981, S. 60ff.

16 Mit Lade mag eines der Holzgefäße gemeint sein, welche als vermeintliche «Minnekästchen» in vielen kulturgeschichtlichen Museen aufbewahrt werden. Vgl.H. Kohlhaussen, Minnekästchen im Mittelalter, 1928. Vgl. auch W. Kronshage, Hausinventare Göttinger Bürger im ausgehenden Mittelalter, in: Göttinger Jahrbuch 4, 1955/56.

17 Kronshage (wie Anm. 10), S. 395.

18 Stadtarchiv Göttingen, Urkunden Nr. 273 N.

19 Vgl. B. Moeller, Frömmigkeit in Deutschland um 1500, in: Archiv für Reformationsgeschichte 56, 1965.

20 Z.B. auf dem einstigen Hauptaltar der Katharinenkirche in Nürnberg, heute im Germanischen Nationalmuseum. A. Stange, Die deutschen Tafelbilder vor Dürer, III, 1978, Nr. 117.

21 Vgl. nur G.P. Fehring u. A. Ress, Die Stadt Nürnberg (Bayerische Kunstdenkmale 10), 2. Aufl.1977, S. 475. Der ungedruckten Chronik des Franz Lübeck zufolge sind im Jahre 1533 alle Grabsteine und anderweitigen Steindenkmäler aus den Kirchen zu Befestigungsarbeiten verwandt worden (vgl. Annelies Ritter[wie Anm. 12], S. 23). Vielleicht war das auch das Ende der Kreuzwegstationen. Hans von Oldendorp ist im übrigen noch einmal als Auftraggeber von Plastik bezeugt. Im Jahre 1458 schloß er zusammen mit einem Ratskollegen aus der Familie Giseler von Münden mit dem Meister Konrad Kroch in Witzenhausen an der Werra einen Vertrag über die Herstellung eines gekreuzigten Christus mit Maria und Johannes «cum clipeis» – mit den Wappenschilden der Stifter bzw. des Göttinger Rates, für den die beiden offensichtlich tätig wurden? Göttinger Statuten (wie Anm. 8), S. 233.

22 Zur Finanzierung von Bauwerken mit Hilfe von Ablässen N. Paulus, Der Ablaß als Kulturfaktor, 1920.

23 Stiftungen zu Gunsten von Wegebauten sind an vielen Orten ein regelmäßig wiederkehrender Bestandteil von Testamenten.

24 Am 20. Februar 1491. Vgl. Göttinger Urkundenbuch, II (wie Anm. 5), S.359, Anm. 1.

25 Siehe die Liste der Ratsmitglieder ebd. S. 437ff.

26 J. HEUSER,‹Heilig-Blut› in Kult und Brauchtum des deutschen Kulturraumes, Diss. phil.,Bonn 1948.

27 Zu Wilsnack zuletzt H.BOOCKMAMM, Der Streit um das Wilsnacker Blut, in: Zeitschrift für historische Forschung 9 (1982).Zu Mariengarten G. RUDOLPH, Zur Entstehung und Gründung des Klosters Mariengarten, in: Göttinger Jahrbuch 4 (1955/56). Hier S. 62 ff. über die dort verehrte Heilig-Blut-Reliquie und den mit ihr verbundenen Ablaß. Zu Gottsbüren K. KÖSTER, Gottsbüren. Das hessische Wilsnack, in: Festgabe P. Kirn, 1961.

28 Die (Brücken?-)Kapelle St. Justi jenseits des Leinesteges (vgl. ANNELIES RITTER [wie Anm. 12], S. 19)?

29 Zu Ehren des berühmten Bußpredigers aus dem Franziskanerorden waren alsbald nach dessen Heiligsprechung (1450) und im Zuge der Predigtreise, welche dessen Nachfolger, Johannes von Capestrano, zur Propagierung Bernhardins und des Kreuzzuges gegen die Osmanen seit 1451 unternahm, in Deutschland zahlreiche Stiftungen gemacht worden. Dem reformationszeitlichen Göttinger Chronisten Franz Lubecus zufolge hat Johannes von Capestrano auch in Göttingen gepredigt (vgl. VOGELSANG [wie Anm. 12], S. 20), doch ist das für das von Lubecus genannte Jahr 1453 nicht möglich und auch für das Jahr 1452, das Vogelsang annimmt, unwahrscheinlich. Vgl. J. HOFER, Johannes Kapistran, 2. Aufl. 1964 und 1965. Den Angaben des Chronisten dürfte hier ebensowenig zu trauen sein wie im Falle eines angeblichen Aufenthaltes des päpstlichen Legaten Nikolaus von Cues in Göttingen, den auch VOGELSANG(wie Anm. 12), S.93 irrtümlicherweise annimmt.

30 Das Augustinerinnenkloster Weende war von Nikolausberg hierher verlegt worden.

31 O. FAHLBUSCH, Der Deutsche Orden in Göttingen, in: Neues Archiv für Niedersachsen 19, 1950, S. 610-620.

32 Jost Speckbötel war Ratsherr seit 1455, Bertold Wiegand seit 1466, Ludolf Snippe seit 1467 und Cord Meyer seit 1489 (Ratslisten, wie Anm. 25). Der Stadtschreiber war Andreas Bruns, der weitere Bürger Heise Richelm. Dieser und Cord Meyer werden im Testament als Schwäger des Testators bedacht. Sie waren mit den jüngeren Schwestern von dessen erster Frau Margarethe verheiratet. Die Eltern der drei Schwestern und damit die ersten Schwiegereltern des Hans von Oldendorp waren Heise Spanbeck und dessen Ehefrau Metile. Vgl.deren Anm.38 erwähntes Testament von 1467, aus welchem auch hervorgeht, daß Margarethe von Oldendorp in erster Ehe mit Hermann Bruns verheiratet gewesen war. Der eben erwähnte Stadtschreiber Andreas Bruns dürfte mit Hermann Bruns verwandt gewesen sein (vgl. unten im Anhang Anm.8).Laut Urkundenbuch, II (wie Anm. 5), Nr. 380

war die Tochter des Andreas Bruns, Margaretha, mit Cord Meyer verheiratet, der aber nicht mit dem oben genannten gleichnamigen Göttinger Bürger identisch, sondern eher dessen Sohn gewesen sein dürfte.

33 Weender Str. 34 – laut freundlicher Mitteilung von Herrn Amtsgerichtsrat i.R. H. Kelterborn in Göttingen. Das Haus im Alten Dorf wird noch einmal im Jahre 1496 erwähnt: A. BRUNS, Nachtrag zu den Urkunden des Diplomatischen Apparates... zur Geschichte der Stadt Göttingen, 1963, Nr. 53a. Hier werden der Anm. 32 erwähnte Bertold Wiegand und zwei Brüder mit Haus und Hof im Alten Dorf «in den bunden» belehnt, wie sie vordem Hans von Oldendorp und Hans Wiegand innegehabt hätten.

34 O. FAHLBUSCH, Das ‹Junkernhaus› in Göttingen, in: Gabe des Geschichtsvereins für Göttingen und Umgebung 1940. Hans von Oldendorp als einer der Vorsteher der Burse: Göttinger Statuten (wie Anm. 8), S.303. Hier auch die Erlaubnis, eigene Trompeter zu halten. Lärmende Umzüge ebd. S. 265. Die Statuten der Burse von 1455 im Urkundenbuch (wie Anm. 5), Nr. 248, S.225-228. Unter den damaligen Mitgliedern wird auch Hans von Oldendorp genannt. – Zur rechtlich-politischen Bedeutung von Trompetern und Posaunern im späteren Mittelalter SABINE ŽAK. Musik als ‹Ehr und Zier›, 1979, insbesondere S. 121 ff.

35 In den Göttinger Statuten (wie Anm. 8), Nr. 225, S. 215-378 sind die beiden Handschriften des Ordinarius, d.h. die systematische Zusammenstellung der Ratsgesetze, ediert. Die im folgenden benutzte Stelle hier S. 339. Die Überschrift lautet: *Slaghe* [Schlagbaum] *ante domum Oldendorpes*.

36 Vgl. K. PILZ und M. F. FISCHER, Erker, in: Reallexikon zur deutschen Kunstgeschichte V (1967), Sp. 1248 ff.

37 Am besten bekannt sind solche innerstädtischen Sperranlagen aus dem spätmittelalterlichen Lüneburg. Vgl. H. DUMRESE, Die mittelalterlichen Straßensperren in Lüneburg, in: Lüneburger Blätter 9 (1958), sowie den Überblick von R. ROSENBOHM, Die Straßensperren in den niederdeutschen Städten (ebd.). Hier S. 27 auch ein Hinweis auf die oben herangezogene Stelle aus den Göttinger Statuten. Im Göttinger Museum ist eine spätmittelalterliche Sperrkette erhalten. Vgl. B. CROME, Führer durch die Altertumssammlung, 1919, S. 33.

38 Stadtarchiv Göttingen, Liber copiarum A (Signatur: II 7) fol. 210^{r}. Vgl. unten im Anhang. In diesem Band fol. 164 auch das Testament des Heise von Spanbeck aus dem Jahre 1467 (ebenfalls eingeklebtes Original, jedoch auf Papier geschrieben), des Vaters der ersten Frau des Hans von Oldendorp.

39 Stadtarchiv Göttingen, Dat rode boke (Signatur Ms. 1,11),fol.19^{v}. Vgl. VOGELSANG (wie Anm. 12), S. 75, der jedoch den Inhalt des Ratsurteils nicht immer korrekt wiedergibt. Abdruck des Textes unten im Anhang.

40 Predigtmärlein: Rudolf von Schlettstadt, Historiae memorabiles. Hg. von E. KLEINSCHMIDT (1974), S. 102. Hier die warnende Geschichte von

einem Dieb, welcher durch ein Fenster in eine Lübecker Kirche einstieg und beim Wege aus der Kirche ein Kruzifix als Leiter benutzen wollte, dabei jedoch stürzte, sich verletzte und hingerichtet wurde. Die in der Lübecker Marienkirche nachts wachenden Hunde kennt man infolge eines Unglücksfalls. Ein Kind war im Jahre 1481 versehentlich nachts in der Kirche eingeschlossen worden und dort von den Hunden zerrissen worden. Vgl. A. v. BRANDT, Das Kind Engelke Wyse... Zuerst 1960 und dann wiederholt in dem Anm. 7 zitierten Sammelband. Von einem anderen Lübecker Kirchendieb, der in der Kieler Nikolaikirche Zinnleuchter stahl, einschmolz und das Metall an Glaser verkaufte, berichtet das Kieler Varbuch, hg. von H. LUPPE (1899), Nr. 10.

41 Vgl. die in Anm. 34 zitierte Stelle aus den Göttinger Statuten sowie die ebd. angeführten Bursenstatuten. Zur Identität des Hans von Nörten s. Urkundenbuch (wie Anm. 5), S. 359 Anm. 1. Hier auch ein Hinweis darauf, daß Hille von Oldendorp, die zweite Frau des Testators, in zweiter Ehe Heinrich Giseler, d.h. einen Angehörigen einer der prominentesten Göttinger Familien heiratete.

42 Außen auf dem Testament findet sich eine Notiz von der Hand des Ratsschreibers Heinrich Meyer in lateinischer Sprache, derzufolge die beiden Ratsherren Johannes Rese und Johannes von Dransfeld das besiegelte Testament aufs Göttinger Rathaus gebracht und dem Kämmerer Ludolf Snippe übergeben hatten. Die Notiz ist im Göttinger Urkundenbuch, II (wie Anm. 5), S. 358 gedruckt, jedoch ist dort das Datum falsch aufgelöst. Die Notiz ist auf den 8. Februar datiert. Daran anschließend findet sich eine weitere ebd. S. 358 f. gedruckte Notiz vom 22. Februar über die Testamentseröffnung und die dabei auf dem Rathaus anwesenden Zeugen.

43 Vgl. nur die Darlegungen von A. v. BRANDT (wie Anm. 7), S. 336.

Testament der Margarethe von Oldendorp
1485 November 11
Stadtarchiv Göttingen
Original Pergament-Urkunde (Chirograph)
eingeklebt in Amtsbuch II 7 (Liber copiarum A) fol. 210^{r}

In dem namen des heren. Amen. Ek, Margareta Oildendorpes hebbe wol betrachtet den voͤrgenckliken staͤd dusser werlde, dat nicht wisser is dem dode und nicht unwisser der stunde des dodes. De wile ek nu noch vornufftich byn von danken und synnen, so sette ek myn testament unde in dussir nascreven wise openbare ek mynen lesten willen allen den dusses to donde is edder worde.

In dat erste bevele ek myne arme zeile deme almechtighen gode in syne hande, mynen lichnam to der erden in myner paͤrkerken to sinte Jacobe manck andere cristen mynschen mit myssen, vigilien unde almesen to bestedigende.

Fforder von mynen vrowelyken ghebenden, cleideren unde clenoͤden, alze id myt my is beleghen umme salicher myner zeilen, so geve ek unsen heren gode to synem love unde eere ittliken mynen vrunden unde ok armen to troiste, alse hir na vortekent is.

Item alle myne sulverwerck von veir rocken unde von tren gordelen geve ek sinte Jacobe mynem hillighen patronen to eynem kelke unde myne groten hant trüwe to vorguldende sodanen kelk[1], dair to mynen brunen hauken to ener casele[2] und myn kralen pater noster myt den groten kornen sinte Jacobe an dat kleyne belde to hengede.

Item myn grote pater noster, dat my Hermen Brunß zeiliger gaff, dar schal de helften unser leven frowen belde to sinte Jacobe unde de ander helfte unser leven frowen belde to sinte Bartholomeus[3].

Item de syden deken, de my myn vater zeiliger gaff, geve ek den Pevelern, Barvoten unde sinte Jacobe voir de altaer[4].

Item von mynen vyff syden kussen schal me maken enen kasel unde geven to sinte Jurgen, dat ek overlanck hebbe gelovet[5].

Item myn brunen[6] to den Barvoten to eyner casele.

Item twey sulveren metzere in eyner scheyden, der geve ek eyne Margareten Segeboden unde dat andere Margareten Meygers, unde der sulven Margareten Segeboden scahl de swarte sube[7].

Item Alheide Andreas dochter, myner paden, geve ek mynen swarten alle daghes roick[8].

Item ek geve Heysen Segeboden[9] veir sulveren lepele, de myn ghewesen.

Item Alheide Degenhardes, myner paden, eyn bedde unde den gronen hoyken[10].

Item Greten Geilen geve ek mynen swarten hoiken ane foder[11].

Item ek hebbe bescheyden unde bidde, dat me geve 14 punt wass in dusse nascreven broderscop unde kerken: in sinte Antonies, sinte Johannies heren, uppe sinte Nicolaus berch, to Reynhausen, to sinte Johanse, sinte Albane, sinte Jacobe, unser leven vrowen, sinte Nicolaus, sinte Jurgen, to sinte Batholomeus, to deme hillighen cruce, to den Peweleren und to den Barvoten, jewelken eyn punt wasses unde to den Wenden den joncfrowen eyn vat bers, dat se doin eyn gebet to gode vor myn zeilen[12].

Sodann vorgescreben to handelagende unde to vullenbrengende bevele ek Margareta Hanse Oildendorpe, mynem hußheren, dat he myt hulpe Cord Dormans unde Cord Gronemans, den alderluden der kerken sinte Jacobes alle dusse ghyfte vullenbringen und dair so by doin, alsoe see schullen vo̊rantworden vor deme gerichte godes unde nomen von gode unserm heren.

To forder orkunde sin dusser czedelen twey lyck luden eyne uth der anderen ghesneden des dinstages na alle godes hillighen. Anno domini 1485.

Aufzeichnungen des Göttinger Rates über die Tat und die Hinrichtung des Kirchenräubers Roloff von Bünau
1484 nach Juni 28
Stadtarchiv Göttingen
Amtsbuch Ms. 1,11 (Dat rode boke) fol. 19ᵛ

Anno etc. 84° feria secunda in die sancti Albani [1484 Juni 21] in der nacht twisschen deme sulven s[anctum] dage unde deme dingste dage stech Roloff von Bünauw, qui dixit se filium heren Heinrici von Bunauw militis, doch unechte, to sente Bartolomeus in den kor unde nam dor unser leven frawen, so de uppe deme homissen altar steit, eynen langen korallensnor mit faste sulveren unde gulden ringen, ok mit itwelken sulveren crutzeken. Darto trochte ore oren siden rock uth unde sneyt al dat sulverwerch dar aff, dat dar upp was gehefftet unde geneyget alse an spangen unde ander sy unde bandt das eynen grotin steyne yn unde warp den dar mede in unser graven eynen. De sulvern unde gulden ringe unde ok de crutzecken hadde he hir bynnen der stad geuthert unde faste vordeilet, nemlicken Corde von Asche hadde he der eyndeils gegheven vor 2 grote sulveren ringe, dar he vore den rock mede tobandt. Deme hipenbecker, deme horenwerde unde andern irem jewelken hatte he eynen crutzecken gegeven. Hertzeberger des schraders Meygerschen unde eynem boden unser hersschup orer jewelkeme hadde he gheghe-ven eynen rosen krantz uth deme korallensnor. De spangen, de he von orem siden rogghe hadde ghesneden, hadde he latin to Helg[enstadt] smeltin unde dar uth 8 lot sulvers bernen [korr. aus: geyten] etc.

Dusser geschicht halven schickede de radt Corde de silberge[ter] unde Lodewige ore deyner om na, wente to Helgen[-stadt], de denne one dar an grepen unde gefengklick to stogke brochten. Doch worden de sulven 2 knechte ock gefencklick von deme rade to Helgen[stadt] ghenomen ume ore recht jegen den vorscreven Rolove uth to stande unde to fullenforen.

Uppe den sondach na Johannis Baptiste [Juni 27] schikkede de radt ore rades frunde,nemlicken Hanse Helmoldis unde Henricum Rogginkneder, mit ...ra Marschalke, hovetmanne to Rusteberge, to Helgen[stadt] in , in andacht den vorscreven Rolove von dar to furende, unde so dat nw entstunt, is de vorbenant Roloff uppe den mandach na Johannis [Juni 28] des morgens to halven middage dar sulvest to Helgen[stadt] dorch dusser gheschichtwillen, so he der fryes guden willen genczlick ungenodiget unde ungepyniget bekande, mit dem rade gerichtet unde dar up gelecht. Der duferyge eyn deils wart noch by om to Helgen[stadt] gefunden etc.

Anmerkungen zum Anhang

1 Der Patron der Pfarrkirche der Erblasserin soll also einen Abendmahlskelch erhalten, der aus den silbernen Beschlägen von vier Röcken und drei Gürteln angefertigt und dann mit dem Gold eines Ringes vergoldet werden soll.

2 Ein ärmelloser Mantel, Heuke genannt, der zu einem Meßgewand (Kasel) umgearbeitet werden soll.

3 Ein Korallen-Paternoster (vgl. oben S. 13f.) mit großen Perlen, welche die Gebetsschnur gliedern, soll an eine kleine Jakobusstatue gehängt werden, ein weiteres je zur Hälfte an Marienstatuen in der Jakobikirche und in der Bartholomäuskirche. Der erwähnte Hermann Bruns war der erste Ehemann der Testatorin.

4 Seidene Decken sollen den Paulinern (Dominikanern), Barfüßern (Franziskanern) und dem heiligen Jakob, d.h. dem Patron der Jakobikirche, als Altartücher dienen.

5 Eine weitere Kasel soll aus den fünf Seidenkissen der Erblasserin hergestellt werden und an die St.-Jürgen-Kapelle gehen.

6 Hier fehlt der Name des Kleidungsstückes, aus dem die Kasel für die Franziskaner gearbeitet werden soll.

7 Zwei silberne Messer und ein schwarzes Obergewand (Schaube). Die beiden Messer sind offenbar mit jenen identisch, welche im Testament des Hans von Oldendorp an die Ehefrau des Heise Richelm und des Cord Meyer, d.h. an die jüngeren Schwestern der Margarethe von Oldendorp gehen sollen. Diese hat stattdessen offensichtlich ihre Nichten bedacht, da Margaretha Segebode (= Richelm) die Tochter des Heise Richelm und Margaretha Meyer die Tochter des Cord Meyer gewesen sein dürfte. Ähnlich wie im Falle der Paternoster (oben S. 13f.) hätte demnach Hans von Oldendorp auch hier den letzten Willen seiner ersten Frau nicht ausgeführt.

8 Ein schwarzer Alltagsrock. Bei der Empfängerin handelt es sich vielleicht um eine Tochter des Stadtschreibers Andreas Bruns (vgl. oben Anm. 32), der seinerseits mit Hermann Bruns, dem ersten Ehemann der Margarethe von Oldendorp verwandt gewesen sein dürfte.

9 Ein Schwager der Testatorin (vgl. Anm. 7).

10 Alheid Degenhard wird auch im Testament des Hans von Oldendorp bedacht (mit einem Bett, das identisch mit dem hier genannten sein mag) und als Schwagerstochter bezeichnet. Sie ist also offensichtlich eine Tochter einer der beiden jüngeren Schwestern der Margarethe von Oldendorp.

11 Eine grüne und eine schwarze Heuke (vgl. hier Anm. 2). Daß die eine als ungefüttert deklariert wird, erklärt sich daher, daß (pelz-)gefütterte Heuken in Göttingen für besonders luxuriös gehalten und an die Voraussetzung gebunden waren, daß der Ehemann der Besitzerin zugunsten der Stadt ein Pferd hielt (Göttinger-Statuten [wie oben Anm. 8], S. 173).

12 Die Erblasserin bedenkt mit je einem Pfund Wachs die Antonius- und die Johannisbruderschaft (eine Bruderschaft am Antoniusaltar in der Johanniskirche und den Johanneskaland?), die Nikolausberger Kirche, die Spitalskirche in Reinhausen bei Göttingen (vgl. oben Anm. 18), die Göttinger Pfarrkirchen (St. Johannis, St. Albani, St. Jacobi, St. Marien, St. Nicolai), die Georgskapelle, die Spitalskirchen St. Bartholomäus und St. Crucis und die beiden Bettelordenskirchen. Außerdem sollen die Klosterfrauen in Weende ein Faß Bier erhalten.